大偵探
福爾摩斯
野性的報復

U0053516

SHERLOCK HOLMES

大偵探福爾摩斯

野性的報復

科學鬥智短篇
囚徒的困境

麵包店鬥法

福爾摩斯和華生通宵查完一個案子，拖着疲累的身體，在晨光中回到貝格街。

忽然，「咕———」的一聲響起。

「咦？你肚子餓了？」華生問。

福爾摩斯摸摸自己的肚子，說：「是啊，忙了整個晚上，已餓得快要死了。」

「附近有一家**麵包店**新開張，聽小兔子說那兒的麵包很好吃。」

「啊，是嗎？那麼去買些回家當早餐吃吧。」福爾摩斯精神為之一振。

不一刻，兩人來到了一家麵包店的門前。

「唔———」福爾摩斯閉起眼睛，深深地吸

了一口氣，「好香啊，這家店的麵包一定很好吃。」

「對，現在才六點鐘，麵包 **新鮮出爐**，肯定又香又好吃。」

一個戴着廚師帽子的胖子看到兩人到來，馬上熱情地相迎：「歡迎光臨，我們有很多不同款式和味道的麵包，你們隨便挑吧。」

「有沒有法式**長棍麵包**？我最喜歡那種**香脆**的口感。」福爾摩斯問。

「當然有，一個賣**5仙令**。」

「啊，這麼便宜？」福爾摩斯感到詫異。

「沒辦法，新店開張嘛，不賣便宜一點，很難與人家競爭啊。」

「賣這麼便宜，有錢賺嗎？」華生好奇地問。

老闆聽到華生這樣問，原來的笑臉忽然**塌**下來。

他苦着臉道：「老實說，現在賣一個虧一個，還沒有錢

賺。」

「啊，是嗎？長期虧下去也不行吧？」華生有點擔心。

「是啊，但附近那家 **卡卡麵包店** 的麵包也賣得很便宜，我們不賣便宜一點，就沒生意了。」

「**別裝可憐！**」
忽然，他們身後響起
一下**怒號**。

福爾摩斯和華生
轉頭一看，只見一個戴着廚師帽的瘦個子**怒氣沖沖**的走過來，指着胖老闆開口就罵：
「是他率先**以本傷人**，把麵包的價錢壓得那麼低的！」

「哼！你又來幹什麼？」胖老闆也不示弱，「每天早上都來偷看我們的定價，你根本就盯着我們來打！」

「還敢惡人先告狀！」瘦老闆罵道，「我的店叫卡卡麵包店，你竟然在這裏開一家加加麵包店，擺明就是要與我們開戰！」

「你別含血噴人，我的名字叫加加，才把麵包店喚作『加加』的，難道用自己的名字也不行嗎？」胖老闆反駁道。

「我不管你的名字叫什麼，總之你以本傷人就不對！」瘦老闆再罵。

「我就是喜歡以本傷人，你又奈我如何！」

麵包店鬥法

　　「豈有此理！你這隻死胖豬！」瘦老闆捲起手袖，裝出要打的**架勢**。

　　「什麼？竟然**出口傷人**？你這條瘦柴子！」胖老闆一手抓起一條長棍麵包當作武器。

　　福爾摩斯見狀，馬上搶前攔阻：「你們別這樣，有事可以慢慢商量嘛。」

　　「對！對！對！」華生也勸道，「你們這樣鬥的話會**兩敗俱傷**啊。」

　　「哼！兩敗俱傷就兩敗俱傷，就算是**同歸於盡**我也不怕！」瘦老闆一個箭步搶前，作勢攻擊。

　　「瘦柴子竟欺上門來！去死吧！」說時遲那時快，胖老闆已揮起長棍麵包打過去。但瘦個子**身手敏捷**，只是低頭一閃，就避過了一棍**掃**過來的麵包。

9

可是，卻「啪」的一聲，長棍麵包正好打在福爾摩斯的額頭上，還揚起了不少麵包碎。

霎時，胖老闆和瘦老闆都**呆在當場**。

「福爾摩斯，你沒事吧？」華生也被嚇了一跳，連忙問道。

我們的大偵探只是**木然**地站在那裏，好像

還沒反應過來。

半晌，他才伸出**舌頭**，舔一舔黏在臉上的麵包碎，苦笑道：「幸好這是麵包，雖然有點痛，但還可以吃點麵包碎。」

「啊，對不起，打着你了。」胖老闆回過神來，趕忙**打着哈哈**說，「不過麵包的味道還可以吧？」

「**傻瓜！**現在是討論味道的時候嗎？」福爾摩斯突然喝罵。

「是的、是的。」胖老闆有點慌了。

「**哼！**」福爾摩斯轉向瘦老闆說，「你也是，竟然不擋住他的攻擊，害我吃了一記麵包棍！」

「這……」瘦老闆不知如何回答。

這時，福爾摩斯悄悄地向華生遞了個**眼色**。

華生這才意會，知道老搭檔是故意讓麵包打着的，因為只有這樣，才可以令兩個**怒不可遏**的麵包店老闆冷靜下來。

　　於是，華生趁機道：「兩位老闆，這位是著名的私家偵探福爾摩斯先生，不如讓他來為你們想想解決辦法吧。好嗎？」

　　胖老闆誤傷福爾摩斯，既已**理虧**，只好點點頭說：「好的。」

　　瘦老闆雖然**心有不甘**，但聽到福爾摩斯這個大名，也不敢提出反對。

「好了，既然你們都同意了，讓我來問你們幾個問題，你們都得老實回答。」福爾摩斯說完，看一看兩人。

兩人**不置可否**地互相看了對方一眼，彷彿在說：「我怎知他老不老實。」

福爾摩斯沒理會他們的顧慮，問道：

你們現在有錢賺嗎？

沒有。

沒有。

再虧下去，麵包店會倒閉嗎？

會。

會。

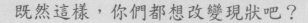

既然這樣，你們都想改變現狀吧？

是的。

是的。

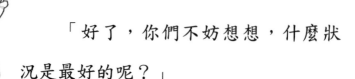

「好了，你們不妨想想，什麼狀況是最好的呢？」

　　胖老闆想了想，又瞟了瘦老闆一眼，答道：「他的店支持不住，**關門大吉**就最好。」

　　瘦老闆聞言，氣得**漲紅**了臉，大聲道：「最好是他的店先關門大吉！」

　　福爾摩斯擺一擺手，以免他們又吵起來：

「如果**卡卡**不關門，**加加**也不關門，你們都得一直虧下去，直至倒閉為止啊。」

「**哼！**」兩人互相怒視着對方，卻又想不出該如何回應。

「嘿嘿嘿，不如這樣吧。」福爾摩斯狡黠地笑道，「你們兩人在這裏定下**口頭協議**，以後都不再以本傷人，定價必須在成本之上，以後就**鬥品質**，**鬥服務**。好嗎？」

「我沒意見，但我怎知道他會不會遵守協議。」胖老闆道。

「哼！我**一言既出，駟馬難追**，只怕他沒信用！」瘦老闆反唇相譏。

「哎呀，你們都要想想，如果違反協議**胡亂割價**的話，對方也會割價迎戰，結果又會**重蹈覆轍**，一直虧本下去啊。」福爾摩斯**苦口婆心**地說，「所以，最好的方法是遵守協議，達至雙贏。」

胖老闆想了想，說：「好，就這麼辦吧。」

瘦老闆以懷疑的眼神看了看對手，然後對福爾摩斯說：「好，我也贊成。不過，我想請你做監察人，以免有人反悔。」

「哼！我才不會反悔，就請福爾摩斯先生做**監察人**吧！」

「好的，反正我常常經過你們的店鋪，就讓我來監察吧。」福爾摩斯說，「請握握手，以示**言和**吧。」

瘦老闆**勉為其難**地跟胖老闆握了一下手，就回去了。

「好了，問題解決了。你還欠我一個**長棍麵包**呢。」福爾摩斯向胖老闆道。

「啊，是的、是的。」

胖老闆連忙撿起一個長棍麵包，用紙袋包好遞上，並說：「盛惠**7仙令**。」

福爾摩斯一怔，說：「你剛才不是說一個賣5仙令嗎？」

「嘻嘻嘻，5仙令是**割價**時的價錢，7仙令才是**正價**。」胖老闆搓搓手說，「為了遵守和瘦柴子定下的協議，我必須賣7仙令。」

聞言，福爾摩斯雙腿一歪，幾乎當場摔倒。

疑犯的抉擇

　　回到家中，福爾摩斯自歎倒霉：「想不到我幫了那胖子，他還要我多付2仙令。」

　　「哈哈哈，誰叫你**多管閒事**，這次真的是**賠了夫人又折兵**呢。」華生笑道。

　　「唉……怎會料到他有此一着，真鬥不過那些生意人啊。」

　　就在這時，門外響起了「**砰砰砰**」的敲門聲。

　　華生打開門一看，原來是蘇格蘭場**孖寶幹探**——李大猩和狐格森。

　　「唉，想不到抓了疑犯，還不能定罪。」李大猩一踏進門口，就歎道。

「怎麼了？又遇上棘手的案件嗎？」福爾摩斯問。

「是啊，抓了兩個打劫傷人案的共犯，他們只承認**盜竊案**，卻不承認**傷人罪**。」狐格森答道。

「事發經過是怎樣的？」

「兩個劫匪一個叫**東尼**，一個叫**西門**。」狐格森說，「他們在一

個星期前偷偷闖進一家珠寶店行劫，打傷了在店裏過夜的保安員，然後劫走了一些珠寶和手錶。」

「他們為何只認盜竊罪，卻不認傷人罪？」

「人贓並獲嘛，兩人不得不認罪。」狐格森說，「不過，由於案發時珠寶店內很黑，加上兩人又蒙着面，那位受傷的保安員認不出是誰打他。」

「原來如此，難怪難以檢控他們傷人罪了。」福爾摩斯想了想問，「犯人是怎樣抓到的？」

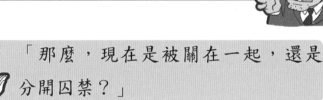

「是早幾天分別在他們家中抓到的。」

「那麼，現在是被關在一起，還是分開囚禁？」

「為免他們串通口供，拘捕後一直分開囚禁。」

「他們的背景如何，兩人是好朋友嗎？」

「已查過了，他們只認識了半年，看來關係不錯，但不算是好朋友。」

「這樣的話就易辦了。」福爾摩斯狡黠地一笑，「說不定只要借用剛才化解麵包店爭執的方法，就可套取兩個疑犯的口供，令他們從實招來。」

「什麼？」李大猩摸不着頭腦，「麵包店爭執？是什麼意思？」

「對，剛才的爭執又跟套取口供有什麼關係？」華生也感詫異。

福爾摩斯先向李大猩兩人詳述了兩個麵包店老闆的爭執經過和他的排解方法，然後說：「劫匪

共通的弱點

和麵包店老闆一樣，都有共通的**弱點**，只要針對他們的弱點，就能找出真相了。」

「哎呀，麵包店老闆是正經的**生意人**，怎可與**劫匪**相提並論啊。」李大猩說。

「對，麵包店老闆的爭執只是**以本傷人**，但那兩個劫匪卻是真的打傷了人啊。」狐格森說，「兩者的程度相差太遠了。」

「沒錯，兩者牽涉的事確實有**天壤之別**。」福爾摩斯說，「但請你們先看看這個。」說着，大偵探拿來一張紙，繪畫了一個圖表。

加加 卡卡	加加麵包店 （遵守協議）	加加麵包店 （不遵守協議）
卡卡麵包店 （遵守協議）	①雙方皆有錢賺。	②加加獨佔客人， 卡卡生意大減。
卡卡麵包店 （不遵守協議）	③卡卡獨佔客人， 加加生意大減。	④雙方都沒錢賺， 兩敗俱傷。

「就如表中所示那樣，麵包店老闆內心一定都很清楚，如果不遵守協議而**割價**賣包的話，對手必會迎戰，結果是**兩敗俱傷**。」福爾摩斯解釋道，「所以，在我的調停和監察下，他們都願意採用①的方法，達至**雙贏**。」

「是的。」華生點點頭，「②和③的情況不會發生，因為他們開門做生意，沒法隱瞞割價賣包的行為。為了避免④的兩敗俱傷，只能選擇①了。」

「唔……」李大猩搖搖頭說，「可是，我還是想不通，這究竟跟**套取**兩個疑犯的**口供**有什麼關係啊。」

「嘿嘿嘿，表面看沒有關係，可是，只要看看這個就能明白了。」說着，福爾摩斯在紙上又繪畫了一個圖表。

東尼＼西門	西門 （對傷人一事保持緘默）	西門 （供出傷人細節）
東尼 （對傷人一事保持緘默）	①兩人同判行劫罪 （坐牢兩年）	②西門減刑， 東尼加刑。
東尼 （供出傷人細節）	③東尼減刑， 西門加刑。	④兩人同判行劫及 傷人罪(坐牢五年)

「啊，這個表與麵包店那個表很相似呢。」華生大感詫異。

「嘿嘿嘿，說得沒錯。」福爾摩斯道，「其實，兩個疑犯的**處境**和兩個麵包店老闆的處境很接近，都要為了自己的**利益**而作出**抉擇**。」

「難怪像麵包店老闆一樣，他們兩人都選擇了①，因為只要對傷人一事**保持**緘默，我們就不容易檢控他們傷人了。」狐格森說，「這樣的話，④的情況就不會發生在他們身上。」

「豈有此理，想不到他們這麼聰明。」李大猩**悻悻然**說。

「嘿嘿嘿，我看那倒未必。」

「什麼意思？」

「我剛才雖然說麵包店老闆和兩個疑犯的處境**相近**，但有一點卻完全**不同**。」

「什麼不同？」

「你自己不是說過嗎？麵包店必須開門做生意，很容易知道對手有沒有割價。可是，兩個疑犯卻被**分開囚禁**，不可能知道對方會否真的保持緘默呀。」

「**啊！我明白了！**」

李大猩恍然大悟。

「**我也明白了！**」

狐格森搶着說，「只要我向西門說：『一旦東尼率先供出傷人細節，他就可獲**減刑**，而你就要**加刑**。』相信西門就會選擇②，把打傷人的過程**和盤托出**。」

「對！」李大猩生怕搭檔搶走功勞似的，連忙接着說，「同一時間，我就向東尼說：『你以為西門那傢伙不會出賣你嗎？只要你**着人先鞭**，快點說出打傷保安員的經過，你就可以獲得減刑了。』那麼，他就會選擇③，供出打傷人的真相。」

「沒錯，就是這樣。」福爾摩斯說，「這些**打家劫舍**的不法之徒

多是**自私自利**的人，他們兩人既非**生死之交**，一定會為了自保而出賣他人。我看只要用這個方法，就能令他們**內訌**，互相指控對方了。」

「結果，他們的下場就是——④，一起被判行劫和傷人罪，各囚五年！」華生興奮地說。

數日後，蘇格蘭場孖寶來報，一如所料，兩個疑犯都指對方曾出手打傷保安員，結果兩人都被加控**傷人罪**，各判入獄五年。

疑犯的抉擇

科學小知識①

博弈論

所謂「博弈論」（Game Theory）是應用數學的一個分支，簡單來說，這個理論是研究在某種處境下，當利害關係交錯和對立時，局中人會作出怎樣的決定。

本集故事就是取材自「博弈論」中的非常具代表性的處境——囚徒困境（Prisoner's Dilemma）。

首個例子是麵包店因為割價銷售而出現爭執，幸得福爾摩斯出面調停和擔當監察者，兩家麵包店的老闆都選擇停止減價，避過了兩敗俱傷。

這個情況也常出現於國際關係中，如兩個國家出現紛爭，最佳辦法是找一個既有權威又願意中立的國家（或聯合國）出面調停，令兩國建立互信，化解矛盾。所以，互信是化解矛盾的基礎。

第二個例子，警方卻正是利用疑犯（囚徒）互信基礎薄弱，又無法互通消息下，成功令他們內訌的個案。套用到政治上，如兩個國家進行軍備競賽，雖然都知道製造軍火只會浪費資源，對民生又毫無用處。可是，由於沒有互信基礎（以防對方攻擊），消息不通下（不知道對方製造多少），兩國都只好不斷浪費資源製造軍火，令經濟上兩敗俱傷。

在自然界中，動物基於生存的本能，天生已有互信的基礎，反而會作出最有利群體的選擇，不至同歸於盡呢。

科學鬥智短篇
隔空移物

戒指失竊了！

「歡迎你們參加這個派對。」雅博一看到福爾摩斯和華生踏進客廳，連忙趨前相迎。他是福爾摩斯大學時代的同學，兩人常常相約去打撲克，華生有時也會跟着一起去，所以對雅博並不陌生。

「看在老同學的份上，

我才會出席這種無聊的派對。」福爾摩斯皺起眉頭，環視了一下客廳裏的幾十個賓客說，「你的女朋友生日，與我有什麼關係？」

「哎呀，如果只是**貝拉**生日，我當然不敢打擾你。」雅博慌忙解釋，「其實，我準備在派對上向貝拉**求婚**，想你們一起來**見證**罷了。」

「啊！你結婚了？恭喜恭喜！」華生興奮地說，「上次去你家打撲克牌時，我也見過貝拉，她又漂亮又聰明，一定會是個好妻子。」

「哼，結婚是你們兩人的事，又何須我來見證。」福爾摩斯說，「算了，就原諒你一次吧。但生了孩子後，可不要又叫我來慶祝啊。」

「生孩子還早着呢，這個你不用擔心。」雅博臉上閃過一抹**陰霾**，「不過……」

戒指失竊了！

「不過什麼？」福爾摩斯問，他已察覺到雅博神情有異。

「不過……我遇上了麻煩。」

「麻煩？嘿嘿嘿，難道你知道貝拉不答應？」福爾摩斯**幸災樂禍**地戲謔，「那也好呀，可以節省一筆辦婚禮的錢。」

「不，我知道貝拉一定會答應。」雅博一頓，壓低嗓子續道，「我……我的求婚**戒指**被人偷了。」

「什麼？」福爾摩斯和華生都大吃一驚。

雅博從口袋中掏出一個紫色的**絨盒**，他把盒子打開，只見盒中**空空如也**，並沒有戒指。

33

「怎會這樣的？這麼重要的東西，要小心保管才對呀。」

「你說得對。」雅博懊悔地說，「但我今天太興奮了，脫下大衣掛到牆角的衣架上時，一時大意，沒把絨盒拿出來。」

「這麼說來，是有人從你的大衣中偷走戒指了。」

「是的。」雅博說，「當我記起走回去取時，發覺絨盒還在，但裏面的戒指卻消失了。」

「你肯定盒子裏本來是有戒指的嗎？」華生問，「會不會你來這裏之前已丟失了？」

「不會。」雅博肯定地說，「我是獨自乘馬車來的，在下車之前還掏出絨盒看過，當時戒

指還在盒中。」

「唔……這是貝拉的家，閒人無法進來，偷戒指的人肯定是其中一個**賓客**。」福爾摩斯環視了一下廳中賓客說。

「這個……其實不是賓客。」雅博欲言又止。

「不是賓客？」福爾摩斯感到奇怪。

「而且……我還知道誰偷了戒指。」

「什麼？」福爾摩斯和華生再次大吃一驚。

「既然已知道誰是小偷，還猶豫什麼？馬上把他**抓**起來呀！」福爾摩斯沒好氣地說。

「絕對不可。」雅博**面有難色**，「偷戒指的人是貝拉的弟弟**安德魯**，如果我告發他
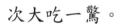

的話，在這個重要的日子，而且賓客又那麼多，貝拉會很沒面子，也一定很難受。」

雅博還解釋，他進門時安德魯曾問他借錢，但他知道對方染上了抽鴉片煙的毒癮，所以斷然拒絕了。後來，他見到安德魯鬼鬼祟祟地站在衣架旁邊，當時不以為意。後來想起來，才醒悟安德魯想從他的大衣中掏錢，但他的大衣中沒有錢，就偷了他的求婚戒指。

「原來如此……」福爾摩斯想了一下，然後問道，「誰是安德魯？」

雅博打了個眼色，說：「坐在沙發上那個就是他了。」

福爾摩斯和華生裝作不經意似的往那邊瞥了一眼，看見一個臉容瘦削的年輕人坐在沙發上，正與身旁的一位女士聊天。

「看他**談笑自若**，並不像偷了東西呢。」

福爾摩斯說，「如果你說的是真的，他已是個

偷竊**老手**了。」

「你猜對了。」雅博歎了口氣說，

「貝拉也是受害人，被他偷了一些珠寶和手

飾，但礙於他是親弟弟，加上他**聲淚俱下**地

發誓不會再犯，就只好不追究了。」

華生想了一想，問：「可否把他拉到一旁，

在不驚動賓客的情況下叫他交還戒指呢？」

「他知道我在這種場合**投鼠忌器**，一定不會合作的。」雅博搖搖頭說。

「有道理，不可以強行搜身，否則也會**驚動**賓客。」福爾摩斯道，「但話說回來，他會把戒指藏在什麼地方呢？」

「我發覺戒指不見了後，就一直暗中觀察他。」雅博十分肯定地說，「我估計戒指**十居其九**仍在他的**口袋**裏，因為他沒有離開過這個客廳，連廁所也沒上過。」

「唔……很棘手呢。」華生說，「不能強行搜身的話，真的沒辦法。」

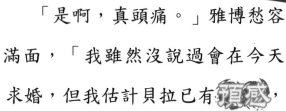

「是啊，真頭痛。」雅博愁容滿面，「我雖然沒說過會在今天求婚，但我估計貝拉已有**預感**，

要是我沒有任何表示的話,她會很失望。」

「嘿嘿嘿,這叫『**啞子吃黃蓮,有苦自己知**』。」福爾摩斯又再挖苦。

「哎呀,雅博已很可憐了,不要再嘲笑他啦。」華生說,「不如你想想辦法幫他一把吧。」

雅博**哭喪著臉**說:「是啊,幫幫忙吧。你有沒有辦法可以取回戒指,又不用驚動賓客呢?」

「這個嘛……不容易啊……」福爾摩斯往客廳的四周看了看,突然,他的視線落在插著很多枝**蠟燭**的生日蛋糕上。

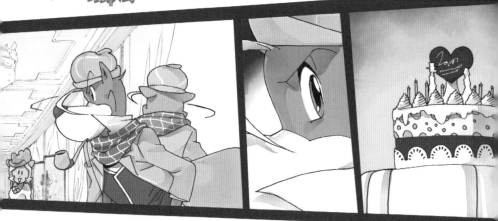

華生看到老搭檔的神情有異，於是問道：「怎麼了？有辦法嗎？」

　　「**表演魔術吧。**」福爾摩斯**沒頭沒腦**地吐出一句。

　　「表演魔術？」雅博和華生都摸不着頭腦。

　　「**對，表演魔術，用魔術把安德魯口袋中的戒指變回來。**」

　　華生沒好氣地說：「別開玩笑了，魔術又怎能把戒指變回來。」

　　「不信嗎？等着瞧吧。」福爾摩斯**成竹在胸**地一笑。

　　「真的能變回來嗎？」雅博**半信半疑**。

　　「把絨盒借給我，我上廁所一會。」說着，福爾摩斯取走絨盒，逕自走到生日蛋糕

的旁邊，悄悄地從蛋糕上拔走了

一枝蠟燭，然後走出了客廳。

　　華生暗忖：「福爾摩斯想做什麼呢？他為何偷走一枝蠟燭上廁所？這跟變回戒指又有什麼關係？」

大偵探的魔術

不到兩分鐘，福爾摩斯又施施然地回來了，他經過蛋糕時，又悄悄地把蠟燭插回去。

華生和雅博還未及開口問個究竟，福爾摩斯已作出指示了：「雅博，你要當作戒指仍在盒中，時間到了，就向貝拉求婚。但要記住，**無論到時我說什麼，你都得照我的說話去做。**」

「這……」雅博困惑地看一看華生，不知如何是好。

「就聽他的說話去辦吧，我們只能相信他了。」華生知道，福爾摩斯總會在緊急關頭出奇制勝。

「嘿嘿嘿，華生最清楚我了。」福爾摩斯得意地笑道。

就在這時，貝拉穿着盛裝走進客廳中，賓客們紛紛上前道賀。福爾摩斯和華生也不例外，他們也走過去向貝拉說了聲：「生日快樂。」不過，華生察覺，老搭檔的視線自始至終都在暗中監視着安德魯的一舉一動。

到了切生日蛋糕的時間了，貝拉在賓客的歌聲下，用力地吹熄了蛋糕上的蠟燭。然而，當貝拉正想切下蛋糕時，雅博按照自己事先的計

劃,突然在貝拉面前跪下,並掏出那個絨盒,
道:「貝拉,你願意嫁給我嗎?」

　　貝拉喜上眉梢,感動地點點頭。

「啊！貝拉答應了！**可喜可賀啊**！雅博突襲成功了！」賓客們**歡呼四起**。

可是，當雅博戰戰兢兢地正要打開那個絨盒時──

「**且慢！**」福爾摩斯忽然走出來高聲喊道，「為了祝賀我的好友求婚成功，我想表演一個**魔術**給大家看，好嗎？」

「好呀，我最喜歡就是看魔術了。」賓客中有人說。

「好呀！好呀！」賓客們紛紛附和。

「嘿嘿嘿，就算你們說不好，為了雅博，我也會**厚着臉皮**表演的。」福爾摩斯狡黠地一笑，「否則，雅博的求婚就會**功虧**一簀了。」

賓客們以為福爾摩斯只是鬧着玩，場中笑聲四起。但華生和雅博都知道，我們的大偵探其實**話中有話**，倘若不把戒指變回來的話，求婚就會變成一個大笑話了。

「首先，我要點亮一枝蠟燭。」說着，福爾摩斯不慌不忙地燃亮了蛋糕上的一枝蠟燭，然後把它拔出。

「好！當我吹熄這枝蠟燭後，絨盒中的戒指就會化作一陣**煙**，消失得**無影無蹤**！」說

完，福爾摩斯「呼」的一下，吹熄了蠟燭。

「媽哩媽哩空！」福爾摩斯唸起咒語，再向絨盒一指。

「戒指真的會被變走嗎？不可能吧。」賓客中響起半信半疑的聲音。

「有人不相信呢。」福爾摩斯向雅博說，「那麼，你打開絨盒讓他們看看吧。」

雅博一怔，額上冒出了冷汗。但他記得福爾摩斯剛才的吩咐，只好戰戰兢兢地打開絨盒，突然，絨盒裏冒出一陣白煙！全場賓客都嚇了一跳。大家再看一看盒子，本來應

該有的戒指，就仿似隨着白煙散去似的，消失了。

「啊！」驚歎之聲轟然響起，「真的不見了！戒指真的不見了！」

「哈哈哈，大家看見了吧，戒指已化作白煙，在空氣中消失了。」

「好厲害！福爾摩斯先生果然名不虛傳，原來除了查案了得之外，還懂得變魔術！」賓客們讚歎不絕。不過，知道真相的華生卻脊骨發涼，擔心得不得了，他以為老搭檔會把戒指變回來，怎料卻並非如此。

「嘿嘿嘿，雖然戒指消失了，但我得把它變回來才行。雅博，你先蓋上盒子。」說完，福爾摩斯又點燃了手上的蠟燭。

「我知道，吹熄蠟燭後，就能把戒指變回來。」賓客中有人自作聰明地說。

福爾摩斯往那個賓客瞄了一下，笑道：「變

回來會麻煩一點，我吹熄蠟燭後，還要**隔空**把它再次點燃，才能把戒指變回來。」

　　說着，福爾摩斯又「呼」的一下吹熄了蠟燭，但他迅即又擦亮一枝火柴，在蠟燭被吹熄時冒起的白煙上一點，突然，原本熄了的蠟燭又「噗」的一聲亮起了**火光**！

　　「嘩！好厲害！真的是**隔空燃點蠟燭**呢！」賓客們驚歎。

　　「雅博，快打開盒子，看看戒指是否變回來

了。」有人緊張地催促。

雅博不知如何是好，他看一看福爾摩斯，又看一看華生。

「不用擔心，打開來吧。」福爾摩斯說。

雅博聞言，只好以顫動的雙手把絨盒打開。

「啊！」場中驚叫四起，因為絨盒中空空如也，沒有冒煙，也沒有戒指。雅博臉色刷白，嚇得不知如何是好。華生冷汗直冒，也被嚇得傻了眼。

「**呵呵呵**，對不起，這次我失手了，沒把戒指變回絨盒中去。」福爾摩斯**嬉皮笑臉**地說，「不過，大家不用擔心，我只是把戒指隔空變到其他地方去罷了。」

「又隔空？沒騙人吧？」有人不滿地說。

「**我絕不騙人，戒指就在他的口袋裏！**」福爾摩斯突然大手一揮，指向一直以疑惑的目光看着魔術表演的**安德魯**。

安德魯大吃一驚，太突然了，他不知道如何回應才好。

福爾摩斯**笑嘻嘻**地走到安德魯面前，說：「你在口袋中找找看，看看戒指在不在？」

啊…

聞言，安德魯才*如夢初醒*似的應道：「啊……好的……」

接着，他把手伸進口袋中，戰戰兢兢地掏來掏去。華生看到，他的額頭上已滲出了冷汗。

「*沒……沒有啊*。」安德魯說。

「真的？」福爾摩斯兩眼盯着安德魯，「不可能呀，我確實把戒指變到你的口袋裏去的。來！讓我搜搜看。」說完，

他**老實不客氣**，一手就插進安德魯的一個口袋中。

「呀！」安德魯*赫然一驚*，正想反抗時，福爾摩斯已把手抽出。

「嘿嘿嘿，幸好這次沒有失手，否則就讓大家見笑了。」說着，我

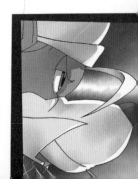

們的大偵探把手一揚，剎那間就變出了一枚閃閃發亮的**鑽石戒指**。

「嘩！太厲害了！」

「簡直是神乎其技！」

「戒指原來真的在安德魯的口袋中啊！」

「太不可思議了！」

賓客興奮得大叫大嚷。

「還呆着幹嗎？快把戒指**還**給雅博吧。」福爾摩斯一邊把戒指塞回安德魯的手中去，一邊在他耳邊輕聲說。

他說「**還**」時，特別加重了語氣。安德魯心裏當然明白大偵探的意思，只好尷尬地接過戒指，然後再遞給**驚喜交集**的雅博。

在轟鳴的掌聲中，雅博為貝拉套上了求婚戒指，貝拉高興得掉下了眼淚。

派對完後，福爾摩斯和華生向眾人道別，登上了馬車離開。

車上，華生佩服地說：「太精彩了，你真的是**略施小計**，就把戒指拿回來了。不僅如此，還利用變魔術為派對掀起了**高潮**，令賓客們看得**如痴如醉**，真的是**一箭雙鵰**呢！」

「哈哈哈，所謂魔術只是**掩眼法**罷了。我表演那個隔空燃點蠟燭的魔術，是誤導賓客的一種手法，令他們以為把戒指拿回來也是一種魔術。」福爾摩斯笑道，「不過，最重要的是我早已預計到安德魯的反應，在剛才那種情況下，他是不得不**完璧歸趙**的。」

「這些我都明白，但絨盒中怎會**無緣無故**

地冒出白煙的呢？那是怎變出來的？」

「你沒看見我借了一枝蠟燭上廁所嗎？」福爾摩斯說，「我在廁所中點燃蠟燭又吹熄，當冒起白煙時，就用絨盒把煙接住，然後再蓋

上盒子。當雅博打開盒子時，不就看起來像盒子在冒煙嗎？」

「原來如此簡單，還以為有什麼秘技呢。」華生有點失望。

「嘿嘿嘿，能騙倒觀眾就行了，不需要什麼秘技。」

華生想了想，又問：「但你有沒有想過，要是安德魯沒把戒指藏在口袋裏，那怎麼辦？」

「那也不會有大問題，我只要說表演失敗了，把戒指隔空變到客廳中的不知哪個角落，然後叫大家一起幫忙在客廳找，就能把戒指找回來。」福爾摩斯說，「安德魯沒離開過客廳，戒指也肯定在。不過，那樣的話就會有點掃興了。」

「是的，剛才的結局是最好的。」

「那個安德魯也太過分了，連給姐姐求婚的戒指也偷。」福爾摩斯深深地歎了一口氣，「**不過毒品害人，為了吸毒，人就會失去常性，我們都要警惕，絕不可沾手毒品啊。**」

科學小知識②

　　說到蠟燭與科學，不得不提一本於1861年出版的科普書《蠟燭的化學史》（A Course of Six Lectures on the Chemical History of a Candle）。這是一本演講集，收錄了英國著名科學家麥可·法拉第（Michael Faraday）利用一枝蠟燭帶出很多化學知識的六次演講。如果大家對這本寫給中學生閱讀的演講集有興趣的話，上網找找吧，中文版及英文版皆可免費下載。

　　福爾摩斯在本故事中表演的「隔空點燃術」，說穿了，只是利用蠟的化學特性而玩的一種小把戲而已。由於蠟在固體和液體的狀態下並不會燃燒，它必須變成氣體後才燒得着。所以，福爾摩斯先吹熄蠟燭，趁蠟燭冒起了白煙（氣化了的蠟）時，迅速在白煙上點火，火頭就會沿着白煙燒向蠟燭頭的棉芯，並把棉芯點着。

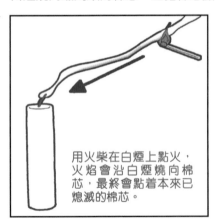

用火柴在白煙上點火，火焰會沿白煙燒向棉芯，最終會點着本來已熄滅的棉芯。

　　不過，白煙會在電光石火之間被燒光，肉眼很難看見火焰沿着白煙燒向棉芯，不知就裏的觀眾就會產生錯覺，以為蠟燭真的是「隔空」被點燃了。

火焰
棉芯
液體呈水平狀
凝固後呈凹陷狀
蠟燭燃點時　　蠟燭熄後

　　利用蠟燭還可以做很多不同的化學實驗，最簡單的是觀察「體積變化」。當我們點燃蠟燭後，會看到蠟融化後變成液體，而它的面是呈水平狀的，可是，當吹熄蠟燭不久，蠟變成固體後，中間就會呈凹陷狀。這證明蠟在固體時的體積較液體時小。而且，大部分物質也是這樣的。

科學小知識②

　　但換了是水的話，就有點不同了。水在0℃時會結成固態的冰，體積也會比0℃至4℃的水大，換言之，冰的密度低於0℃至4℃的水，兩者比較，冰輕一點。所以，我們才會看見沒沉到水底去的浮冰。不過，當水溫升至超過4℃，冰就會下沉，並漸漸融化了。

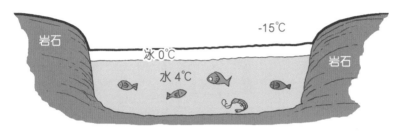

由於冰比4℃的水輕，故浮於水面，並保護水中的魚蝦，令牠們不會被冷死。

科學鬥智短篇
野性的報復

獵鹿者

　　深秋已至，**牛津**附近的森林已變了顏色，**漫山遍野**都是紅葉，讓人走在其中，以為進入了紅色的海洋。

　　在森林之中，一行四人的狩獵隊拿着獵槍**躡手躡腳**地前行，他們似乎已看準了一個目標，正在**伺機突襲**。

領頭的是一個40來歲的中年漢子，他走到一株大樹旁邊，把手輕輕地舉起，示意跟在後面的三人止步。接着，他又悄悄地伸手指向前方。三個同伴循着他所指的方向看去，只見一隻**母鹿**和一隻**小鹿**緊張地抬起頭來四處張望，看來，牠們已察覺到危險逼近。

　　領頭的男子**不動聲色**地舉起獵槍，食指

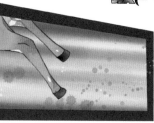

已緊扣在扳機上。這時，兩隻鹿突然向這邊望來。中年男子看到，牠們眼中已閃現着驚惶。同一剎那，兩隻鹿不約而同地用力一蹬，迅即轉身就逃。可是，「砰砰」兩下槍聲響起，牠們

腳步一歪，霎時應聲倒下，在佈滿紅葉的地上一邊慘叫一邊掙扎。

男子放下獵槍，臉上已浮現出勝利的微笑。

他**得意揚揚**地開口道：「走！去看看牠們死了沒有。」說完，已逕自快步走向他的**戰利品**。

三人連忙跟上。當他們走近時，幼鹿的鼻子只吐着微弱的氣息，看來快**斷氣**了。母鹿的腹部卻仍急劇地起伏着，可是牠已無法站起來，只能**眼睜睜**地看着身旁的子鹿死去。

「**馬特先生**，好厲害的槍法，一槍一隻，真的是**彈無虛發**呢。」一個同伴說。

「嘿嘿嘿，這是**森林法則**，逃得慢的就只能沒命了。」被喚作馬特的中年男子笑道。

「是啊。」另一個同伴也笑道，「而且，獵殺母鹿，就得一起把子鹿也殺掉，否則讓牠跑了，牠也無法在**弱肉強食**的森林生存下去啊。

這是馬特先生對子鹿的憐憫，大家說對嗎？」

「哈哈哈，當然對啦！」兩個同伴連忙和應，「我們狩獵，也必須堅守**人道立場**啊！哈哈哈！」

就在這時，一陣急促的腳步聲從後傳來，四

人轉過頭看去，原來是一個管家模樣的男人向他們奔來。

「馬特先生！馬特先生！不得了！」那男人氣喘吁吁地叫道。

「尼夫，別慌慌張張的，究竟發生了什麼事？」馬特問。

「少爺……少爺他……他突然肚痛發作，被送院了。」尼夫期期艾艾地說。

「什麼？他不是病情已好轉了嗎？怎會又送院的？」

「我們也不知道啊……」尼夫說，「夫人叫你馬上趕去醫院。」

「明白了。」馬特看一看地上的獵物，然後向三個同伴說，「這兩隻鹿就讓你們來處理了。」說完，他已急匆匆地隨管家走了。

三個同伴憂心忡忡地看着馬特遠去的身影，再看看那隻躺在子鹿旁邊已奄奄一息的母鹿，心中都泛起了一陣不祥的預感。

小約翰之死

「**咚咚咚咚……**」門外響起了輕輕的敲門聲。

華生打開門一看，只見一個**神色慌張**的少女站在門口。她穿着**女傭**的服裝，看來只有十六七歲。

「請問……請問福爾摩斯先生……在嗎？」

「找我

嗎?有什麼事?」正在閱報的福爾摩斯抬起頭

來問。

「我……」少女顯得誠惶誠恐。

「你進來再慢慢說吧。」華生讓少女到客廳

中坐下。

「我……我想你幫忙查案。」少女戰戰兢

兢地說,「我的小主人前兩天中毒死了……」

「啊?小

主人中毒

死了?」

華生問,

「你想

福爾摩斯

先生幫忙找兇手

嗎?」

「不，不是找兇手。」少女慌忙搖頭，「疑兇已被抓到了。」

「啊？既然已抓到疑兇，你還想查什麼？」福爾摩斯頗感興趣地問。

「我想你證明疑兇是清白的。」少女有點遲疑地說，「因為，她……她不會毒殺小約翰。」

「你的小主人叫小約翰吧？但你口中的她是誰？你怎知道她是清白的？」福爾摩斯問。

「她叫瑪嘉烈，和我一樣，為了養家，十幾歲就到馬特家打工。不過，她有點笨手笨腳，常常因為做錯事而被夫人責罵。」少女說，「不過，她很喜歡小約翰，絕不會傷害他。」

「那麼，警方為何認為她是疑兇呢？」

「因為……最近夫人罵瑪嘉烈罵得很兇，罵得她常常躲起來哭。」少女說，「小約翰的餵食又一向是瑪嘉烈負責，所以……」

「我明白了。」福爾摩斯道，「所以，當小約翰毒發身亡後，你家夫人就懷疑瑪嘉烈為了泄憤而落毒，對吧？」

「是……」少女嗚咽着點頭。

「那麼，警察找到了毒藥嗎？」華生插嘴問道。

「他們把整間屋的裏裏外外都搜遍了，就是沒有搜到。」少女說，「我又偷看到警察盤問瑪嘉烈，但她被嚇得渾身哆嗦，只是重複地說什麼都不知道。」

「小約翰吃的午餐是什麼？」

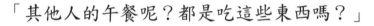

「他吃了一小塊**牛排**和一些**炸薯條**，聽說最後還喝了一碗**湯**。」

「其他人的午餐呢？都是吃這些東西嗎？」

「都是這些東西，只是分量不同罷了。」少女肯定地說。

「他們當中有人中毒嗎？」華生問。

「沒有，其他人都好好的。」

「唔……」福爾摩斯沉思片刻，「這麼說來，小約翰不像**食物中毒**呢。如果是食物中毒的話，其他人就不會沒事了。」

「福爾摩斯先生，請你救救瑪嘉烈吧。」少女哀切地懇求，「她家裏還有一個生病的**媽媽**和**小弟弟**要養，如果被抓去坐牢的話，她的家人就不知道如何生活下去了。」

福爾摩斯爽快地答道：「好的，我幫你調查

吧。」

「真的嗎？謝謝……謝謝你。」少女非常高興。可是，她好像突然想起什麼似的，眼淚**溢眶而出**。

「怎麼了？還有什麼事情嗎？」福爾摩斯感到詫異。

「我……我現在沒有錢……」少女哭着說，「可以通融一下，讓我……讓我**分期**支付你的調查費嗎？我會從……每個月的薪金中**扣錢**給你。」

福爾摩斯沒有答話，只是向華生瞥了一眼。

華生意會，他知道老搭檔已被這個少女深深地打動了。一個看來生活也相當**拮据**的小女

傭，不但為救朋友而奔走，還要扣起**微薄**的薪金來支付聘請私家偵探的費用，這種**情操**實在令人敬佩。

「**不……不行……嗎？**」少女看見福爾摩斯兩人沒有回答，已急得眼淚直流。

福爾摩斯掏出手帕，為少女輕輕地擦掉頰上的眼淚，並安慰道：

「調查費可以慢慢付，救你的朋友瑪嘉烈要緊。」

「謝謝你……謝謝你……福爾摩斯先生。」聽到大偵探這麼說，少女終於鎮靜下來，並**破涕為笑**。

「對了，你叫什麼名字？你還沒有告訴我們呢。」福爾摩斯笑問。

「啊，對不起。」少女邊擦掉眼淚邊說，「我叫**朱莉亞**。」

福爾摩斯向朱莉亞問清楚整個案件的來龍去脈後，就讓華生送她離開了。

根據朱莉亞的憶述，案情是這樣的——

12月2日中午	馬特家3歲大的兒子**小約翰**發脾氣，不肯與夫人和12歲的哥哥一起午膳。後來，過了一個小時左右，夫人才命瑪嘉烈獨自餵他吃飯，讓他吃了**牛排**、**炸薯條**和喝了一碗**湯**。他吃完飯後還在前院跑來跑去地玩耍，完全沒有異樣。

12月2日夜晚　　小約翰和家人一起吃晚飯，吃完飯後洗澡，也沒有異樣。

12月3日早上　　小約翰起床後忽然**嘔吐大作**。夫人馬上把他送到醫院。醫生診斷後，認為可能是**食物中毒**，就開了一些藥給他吃，止住了嘔吐。其後，馬特夫人帶他回家休息，當天和第二天都親自處理他的膳食。

12月5日早上　　小約翰肚子產生**劇痛**，全身乏力地倒在地上，家人馬上再把他送到醫院。可是，經過搶救後，病情仍沒有改善。

12月6日中午 小約翰突然**精神錯亂**似的瘋了，後來又呼吸困難，最後更病發身亡。根據馬特夫人的口供，警方懷疑在小約翰病發前最後獨自向他餵食的瑪嘉烈涉嫌**泄憤下毒**，於是把她拘捕了。

「華生，你認為怎樣？案情有可疑嗎？」福爾摩斯問。

「唔⋯⋯如果朱莉亞提供的資料無誤，小約翰吃的食物就算有點**變壞**了，也不至於產生那些症狀，更不會**毒發而死**。」華生答道，

不會今天中午吃了，到明天早上才發作。

「而且，食物中毒通常都會在進食後的一兩個小時內發作，不會今天中午吃了，到明天早上才**發作**。」

「那麼，會不會是**慢性中毒**呢？」福爾摩斯問。

會不會是慢性中毒呢？

「有這個可能，當慢性中毒達到某個程度時，就會**突然病發**。」

華生說，「例如，馬特家的**水井**可能有毒，**長年累月**地喝的話，到了某一天就病發了。」

「不可能。」福爾摩斯一口否定，「要是這樣的話，其他人也會有慢性中毒的症狀呀。」

「那麼，就是有人**落毒**了。」華生說，「那

個叫瑪嘉烈的女傭只要每天每天**逐點逐點**地在小約翰的飯菜裏下毒，也可以令他慢性中毒。」

「唔……這個可能性不大呢。」福爾摩斯說，「**第一**、要逐點逐點地下毒**很難執行**，因為做得多就會容易被人發現。**第二**、一時憤怒下的報復行動通常追求**即時效果**，不可能等那麼久。**第三**、一個笨手笨腳常做錯事的少女也不會那麼**深謀遠慮**。」

「這樣的話，就只剩下一個可能性了。」華生想了想說，「她讓小約翰吃了一些必須**延後**一兩天才**發作**的毒藥，這樣的話，就能令小約翰中毒，但又不會馬上發作了。」

「不能說沒有這個可能，但你知道那會是什麼**毒藥**嗎？」福爾摩斯問。

華生想了一下，搖搖頭道：「不知道。」

「我和你一樣，也想不出那是什麼毒藥。」福爾摩斯說，「我們這些專家尚且如此，一個少女又怎可能懂得使用那麼特別的毒藥呢。」

「這麼說來，兇手可能**另有其人**。又或者，小約翰可能**誤吃**了一些有毒的東西，而大人們又不知道。」

「兩個可能都有，但不能過早地下結論。」

福爾摩斯說，「我們明天去馬特家作實地調

查，在核實朱莉亞的說法之後，再看看能否找

出一些線索吧。」

鹿頭與獵槍

次日，福爾摩斯和華生乘火車去到**牛津**。兩人在出發前已發了一封 電報 給當地警方，請對方協助調查。幸運的是，福爾摩斯兩年前曾到過牛津調查一宗兇案，在追捕犯人時還救了當地警察局局長**賴登**一命，兩人後來成為好朋友。這次福爾摩斯到訪，他更**親自出馬**出手協助。

「哈哈哈！福爾摩斯先生！好久不見了！」一個**胖頭胖腦**的中年男人一看到福爾摩斯步下火車，馬上就跑過來笑臉相迎。

「賴登先生，**別來無恙**吧。」福爾摩斯笑道。

「**哈哈哈**，你看我的身形就知道我吃得飽住得好啦！」賴登拍拍自己凸出的肚腩大笑。

「這位是我的——」

「**哈哈哈**，不用你介紹啦！這位一定是華生醫生了，**久仰大名**啊！」說着，賴登老實不客氣，一手捉起華生的手，使勁地握起來。

「這次勞煩你——」

「**哈哈哈**，不要客氣啦！我知道你心急，馬上就要展開調查吧？」賴登爽快地說，「其實我也不相信一個少女會那麼殘忍，夠膽**毒殺**自己的小主人，但馬特夫人**一口咬定**她是兇

手，我們也就只好把她關起來慢慢調查。」

「查出了什麼嗎？」福爾摩斯問。

「什麼也沒查出來啊。」賴登摸摸自己的**肚皮**說，「你知道，我們這邊的法醫沒受過專業訓練，連那個小孩子中了什麼毒也未查出來呢。」

「那麼，那個叫瑪嘉烈的少女呢？她有沒有說什麼？」福爾摩斯問。

「哎呀，她嗎？光會**哭**，根本就沒法審問。」賴登歎道，「而且，我也不敢迫得太緊，你知道，這種**入世未深**的少女給警察迫一迫，就會以為自己真的有罪，要是她**胡亂招認**的話

會變成**冤案**，那就更麻煩了。」

「嘿嘿嘿，你見過這種警察局局長嗎？」福爾摩斯向華生笑道，「一般的警察都想馬上令疑犯**招供認罪**，好快點**破案立功**。可是，他竟然怕疑犯太快招認，實在是個怪人啊。」

華生微笑不語，他心裏知道，老搭檔其實是在**稱讚**這個老朋友。看來，這個胖頭胖腦的局長表面上**快人快語**，但辦起事來一定非常小心謹慎。或許對他來說，破案與否還是其次，不要**冤枉無辜**才最重要。

「哈哈哈，**破案立功**最多只是拿個**勳章**

掛在胸前神氣一下罷了，但害死好人可是會**折壽**的，我為了長命一點，必須小心行事啊。」賴登笑道，「客套話不多說了，先去馬特家調查一下吧。我已準備好了馬車。」

兩人在他帶領下登上馬車，半個小時後，馬車已開進了滿山紅葉的山林之中。三人在車上閒談時，突然「**砰**」的一聲，傳來了一下槍聲。

「唔？是槍聲呢。」華生緊張地說。

「**哈哈哈**，不必擔心。」賴登擺擺手笑

道，「現在是狩獵季節，很多人在森林中**打獵**，聽到槍聲並不奇怪。」

「原來如此。」華生鬆一口氣，「在大城市生活慣了，一聽到槍聲就會**神經緊張**。」

「**哈哈哈**，我還以為你與福爾摩斯一起查案見慣大場面，不會怕呢。」賴登說，「對了，你們查完案後，可以留下來一起去打獵。這裏有很多**鹿**，打一隻當作**野味**帶回倫敦也不錯呀。」三人說着說着，**不經不覺**已到了馬特家。

　　賴登道明來意後，馬特先生叫來管家尼夫安排，讓他們逐一盤問了家中上下所有人。可惜的是，除了確認12月2日小約翰在女傭瑪嘉烈的餵食下，吃過**牛排**、**薯條**和喝過一碗**湯**外，一點可疑的線索都沒找到。

　　最後，賴登三人只好向仍**傷痛萬分**的馬特先生查問。

　　「局長，你不是已把落毒的瑪嘉烈拘捕了嗎？還有什麼好問呢？」馬特**毫不掩飾**不滿地說。

　　「我們對你喪子深表同情，但這是調查的程序，就算拘捕了疑犯，也要搜集證據證明她真的犯案。」賴登收起笑臉，嚴肅地說。

　　「**一定是瑪嘉烈幹的好事！**小約翰在病發前，都是與我們一起吃飯的，但12月2

89

日那一頓午餐由瑪嘉烈獨自餵他吃，只有她才有機會在飯菜中**下毒**。兇手不是她的話，又會是誰？」一個中年婦人走出來**罵道**。不用說，她一定是**馬特夫人**了。

「我明白你的意思，她的嫌疑確實最大。」福爾摩斯安撫道，「但我們也可以推論一下，要是在午餐中下毒，她會從哪一種**食物**入手呢？」

馬特和他的夫人聞言，馬上止住了怒氣，不約而同地陷入了沉思。華生知道，這是福爾摩斯的慣常手法——與其跟一個正在發怒的人爭論**誰是誰非**，不如提出一個他會關心的具體問題，引導他去思考。這樣的話，一來可以用**轉移視線**來止住他的怒氣，二來也能讓他不知不覺間**放下成見**，吐露出有用的線索。

「湯……應該是湯。」馬特從思索中抬起頭來說。

「有道理。」一直沒作聲的華生道，「在**液體**中下毒要比在**固體**中下毒容易得多。」

「那麼，小約翰喝的是什麼湯？」福爾摩斯問。

「**野雞湯**……他喝的是野雞湯。」馬特夫人答，「我也有喝過那湯，只是把最後一碗留給小約翰喝，沒想到……嗚……嗚……」說到這裏，她已說不下去了。

福爾摩斯皺起眉頭想了想，然後再問：「那隻野雞是哪來的？」

「是我打獵時捉到的，牠飛得不高也走得不快，我不費**一槍一彈**，就和打獵的同伴一起把牠捉

91

到了。」馬特說，「那種**野雞**在附近的山頭很常見，我也常捉來吃，從沒出事。」

「唔……這麼說來，野雞本身應該沒有毒，問題是出在湯裏。」福爾摩斯說着，眼尾好像發現什麼似的，他的眼底突然閃過一下*銳利***的目光**。

華生看在眼裏，心中暗忖：「難道福爾摩斯發現了什麼？」

他悄悄地循着大偵探的視線望去，看到的是一個掛在牆上的**鹿頭標本**，它的下面還橫擱着一枝**長槍**。華生認得，那是專門用作狩獵的**霰彈槍**。這種槍打出一槍時，藏於一顆子彈中的很多顆小彈會同時爆出，一下子就可令獵物身中多彈。所以，它**殺傷力**大之餘，**命中率**也高。

發射前的子彈

子彈發射後
爆出很多小彈

可是，福爾摩斯為何對**霰彈槍**和**鹿頭標**
本感到興趣呢？它們與毒殺案又有何關係？

「馬特先生，那標本很漂亮呢。」
福爾摩斯打斷了華生的思緒，指着牆上
的鹿頭問道，「是你用那枝獵槍狩獵得來
的**戰利品**嗎？」

「那是三年前打獵時得來的。」馬特答，「我
看那對角又大又漂亮，就把牠製成標本了。」

「哈哈哈，馬特先生是這附近最著名的**獵**
鹿能手，每年的收穫都甚豐。」為了舒緩因

查問而繃緊的氣氛，賴登**倏地**又變回笑臉，趁機道。

「啊，對了。」福爾摩斯裝作剛好記起似的，「現在已是**深秋**，正是獵鹿的好季節呢。」

「是的，我早幾天**狩獵**時，也打死了兩隻鹿。」馬特有點感慨地說，「可惜在同一天，小兒就出事了⋯⋯

算了，我已沒有心情再談打獵的事了。」

「我們明白的。」福爾摩斯說完，向華生和賴登遞了個**眼色**，然後就識趣地轉身離開。

植物 標本館

步出大宅後，華生**急不及待**地問道：「你好像對那**鹿頭**和**獵槍**很感興趣，它們不會與毒殺案有關吧？」

「唔……」福爾摩斯皺着眉頭說，「其實我也不敢肯定，只是感到那鹿頭標本的眼睛有點神秘，它好像在向我訴說着什麼似的。」

「**哈哈哈**，不像你的風格啊！」賴登局長大笑道，「標本的眼睛有什麼神秘，那只是用**瑪瑙**製成的**假眼**罷了。」

「這個我知道，但我總覺得**小約翰的死與狩獵有關**，卻又想不出兩者的關連是什麼。」

「哈哈哈，你想多了。」賴登說，「**狩獵**是

一種**血腥**的活動，又與**死亡**不可分割，你從鹿頭和獵槍聯想到**小約翰的死**並不奇怪啊。」

狩獵　血腥　死亡　小約翰之死

「不。」福爾摩斯搖搖頭說，「不僅如此，那兩個東西應該隱藏着某種**暗示**。」

華生斜眼看着老搭檔，沒好氣地說：「你不會認為這是上天對馬特先生**肆意獵殺**動物的**懲罰**吧？你常常講的邏輯推理去哪裏了？」

「嘿嘿嘿，這次給你抓着痛處了。」福爾摩斯苦笑，「你說得沒錯，用上天的懲罰來解釋案情確實不合乎**邏輯推理**，但我認為有時令人感到不安的暗示也不可輕輕放過。因為，這

種不安可能來自一些雜亂的訊息，只要理清那些訊息背後隱藏的**脈絡**，或許就能找出**謎團**的真相了。」

「哈哈哈，太深奧了。我完全聽不懂呢。」

華生雖然也不明白老搭檔所指的**不安**是什麼，但他腦海中已浮現出此案的一些**訊息**，他相信，如果這些訊息真的有用，必會引領福爾摩斯逐步逼近**真相**！

「對了，我們接下來該怎辦？」賴登向福爾摩斯問道。

「去**牛津大學**找一個教授。」福爾摩斯說，「他是我大學時代的老同學。」

「找你的老同學？」華生感到詫異，「現在還未破案呀，不是**敘舊**的時候啊。」

「不，正是為了破案，才要找他。」

「為什麼？」賴登問。

「他叫**鮑爾**，在大學教授**植物學**，由於要研究各色各樣有毒的植物，後來還成為了**毒理學專家**。」福爾摩斯說，「反正已來了牛津，不找他問問是我們的損失。」

「哦，我明白了。」華生恍然大悟，「小約翰嘔吐後兩天才毒發身亡，你想問他什麼**毒藥**才能有這個效果，對吧？」

「對，只要能確定這種延後性毒藥的種類，或許就能從已知的訊息中找到小約翰中毒的真相，並揪出落毒的兇手了。」

「哈哈哈！福爾摩斯先生真是相知滿天下呢！好，我們馬上去牛津大學吧。」賴登聽到可以找到兇手，已有點急不及待了。

一個小時後，三人來到了牛津大學的植物標本館，找到了鮑爾。他正在整理一箱剛剛由日本運到的標本。

「好多植物標本呢。」福爾摩斯環視了一下四周說，「我記得你唸大學時，最喜歡就是採集種子和花草，你在這裏工作一定很幸福了。」

「嘿嘿嘿，彼此彼此罷了。」高高瘦瘦的鮑爾挖苦道，「我也記得你唸大學時，最喜歡就是研究罪案，現在有那麼多案子要查，又有那麼多罪犯等着你去抓，你才是世上最幸福的人啊。」

「哈哈哈，你們不要互相吹捧了，總之都是專才精英啦。」賴登笑道，「我們還是談

正經事吧。」

「是的。」福爾摩斯切入正題，向老同學詳細地講解了小約翰中毒的經過。

聽完大偵探的說明後，鮑爾面有難色地說：「唔⋯⋯延至兩三天後才生效的毒藥嗎？就算有這種藥物，兇手要控制毒發的時間也不容易啊。況且，小約翰分兩個階段病發，首先是嘔吐，然後在吃藥後過了兩天才毒發身亡。如果醫生在他嘔吐時檢查得詳細一點，他可能就不用死了。從這一點看來，落毒的兇手並不算高明，也就是說，小約翰中的毒，未必是你們心目中的毒藥。」

「啊……」聞言，福爾摩斯難掩失望之情。

「不過，就這案子而言，我會考慮是否還有**別的可能性**。」

「別的可能性？究竟是什麼？」

外皮

毒藥

「例如，兇手為了製造自己不在落毒現場的證據，把本來毒性很高的藥物**包裹**在不容易消化的『**外皮**』中，然後再餵給小約翰吃。這樣做的話，小約翰就不會馬上毒發了。」

「啊……竟然有這種方法？」福爾摩斯感到很意外。

「這麼說來，我也知道這種方法。」華生說，「我們給病人**開藥**時，為了避

免藥粉黏在病人的食道上溶掉，也會用糖漿之類的東西製成一層『外皮』把藥粉封在藥丸內，以便藥丸到達胃裏時，讓胃酸把『外皮』溶掉，然後才令藥粉滲入胃壁中。」

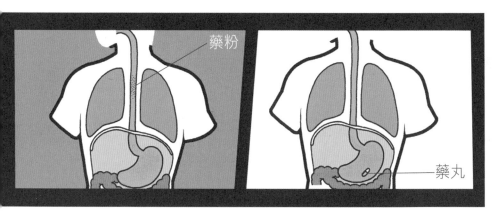

藥粉

藥丸

「你說得對，就是這個原理。」鮑爾說。

「不過，這種方法一般只能令溶化延遲十多二十分鐘，不可能延長兩三天那麼久。」華生說。

「這個嘛，就要看那層包裹着毒藥的『外皮』是什麼了。」鮑爾說。

「你知道有這種『外皮』嗎？」福爾摩斯問。

「老實說，我也不知道。」鮑爾搖搖頭，「我提出的只是一個理論，要證實這個理論是否可行，還得進行實驗。」

「唔……要做這種實驗不易呢。」福爾摩斯撓了撓頭說。

「老朋友，看來這次幫不上忙了，真抱歉啊。我還要整理剛從日本運到的植物標本，不能陪你閒聊了。」鮑爾說完，又埋頭去整理標本了。

「哈哈哈，看來我們是白跑一趟了。」賴登笑道。

三人正想離開之際，卻聽到鮑爾突然「呀」的一聲叫出來。

「怎麼了？」福爾摩斯好奇地問。

「哇哈哈，太好了。」鮑爾拿着一個鑲在**玻璃框**內的標本叫道，「看！終於運來了，這是我最想看到的**植物標本**啊。」

福爾摩斯好奇地湊過去問道：「這是很罕有的植物嗎？」

「這是羊齒類植物，叫**禾稈蹄蓋蕨**，

在日本和中國的東北很常見，但在英國就不容易找到。」鮑爾說。

「是嗎？這植物有什麼特別？」福爾摩斯問。

「啊，太特別了。」鮑爾拿着標本**愛不惜手**，「它們在含有**重金屬**的土壤上也能生長，而且還可長得很茂盛。」

「啊，竟然有這樣的事情。」賴登笑道，「**哈哈哈**，這個世界真是**無奇不有**呢。」

「是啊，最神奇的是，這種植物還能吸收重金屬，把重金屬當作**養分**。」鮑爾興奮地說，「據說，在**礦場**附近常可見到它們的蹤影。說不定，我們將來還可以用這類植物來**淨化**受到重金屬污染的土地呢。」

「**重金屬**……？重金屬大多**有毒**……

這麼說來……」福爾摩斯好像想到什麼似的，突然眼前一亮。

重金屬!?

「怎麼了？」華生問。

「**重金屬！原來是重金屬！**」福爾摩斯興奮地叫道，「難怪我看到那**鹿頭標本**和**獵槍**時，感到心裏被什麼卡住，原來是重金屬在作怪！」

「什麼意思？」賴登緊張地問，「你究竟在說什麼啊？」

福爾摩斯沒有回答，只是抓住鮑爾的手激動

地說：「這次太感謝你了！你的標本終於可以讓我走出迷宮，找到毒殺案的真相了！」

「啊？是嗎？」鮑爾感到莫名其妙。

「我們要馬上去驗屍！後會有期！」福爾摩斯向老同學拋下這句說話，轉身就往門口奔去。華生和賴登雖然不明所以，但也趕忙跟着離開。

馬車上，華生和賴登聽到福爾摩斯的詳細說明後，都感到震驚不已，他們完全沒想到，間接毒死小約翰的兇手不是別人，竟然就是他的爸爸——那個愛好狩獵的馬特先生！

毒藥的真身

三人趕到停屍間，發現小約翰**上唇牙肉**上顯現出來的異常的**黑線**後，福爾摩斯的看法馬上得到證實。於是，三人馬上又去馬特家。

「馬特先生，我們需要**解剖驗屍**，以查證小約翰死於什麼毒藥。」福爾摩斯直截了當地開口道。

「解剖？絕對不可！」馬特**斬釘截鐵**地反對，「這對小約翰太殘酷了，他人死了，難道還要被你們當作**實驗品**嗎？」

「但不解剖的話，我們難以確定毒藥的性質啊。」

「這個我不管，反正已抓到兇手了，**毒藥**是什麼根本不重要。」

「不——」

「你不用說了。」馬特擺擺手，制止福爾摩斯說下去，「**總之，我不允許你們這樣做！**」

這時，一直沒作聲的賴登臉色一沉，一反常態地板起臉孔說：「馬特先生，**我們不是徵求你同意，只是禮貌上通知你**。你要知道，為了查明真相，警方有權解剖屍體。」

「什麼？」馬特沒想到這個胖子局長會這樣說，氣得**面紅耳赤**，「好！你們就解剖吧！要是查不出什麼來，我一定會到警察總局去投訴你！」

　　兩個小時後，華生完成了解剖，他在小約翰的胃裏找到致命的毒藥——**3顆已被胃液溶解了一半的金屬粒**。

　　「這就是令小約翰死亡的**元兇**，是在他的胃裏找到的。」福爾摩斯把盛着**金屬粒**的玻璃杯，遞到馬特的面前說，「你看看是否有點眼熟？」

　　「啊……」馬特看着杯內的小粒，驚訝得瞪大了眼睛，「這……這不會是**獵槍的鉛彈**吧？」

　　「非常不幸，這正是獵槍的鉛彈。」福爾摩斯說，「小約翰就是吞了**鉛彈**而**毒發身亡**的。」

　　「難道……難道小約翰喝的雞湯中……」馬

特**不敢置信**，但從他的表情看來，華生知道他已猜到答案了。

「沒錯。」福爾摩斯說，「我估計傭人在煮時，沒有清洗乾淨，不小心混進了野雞體內的**鉛彈**，當小約翰喝湯時，大意地把鉛彈連湯水一起吞下。他開始時輕微中毒並產生嘔吐，但兩天後鉛彈**釋出**大量鉛毒，並被血液帶到**腦**裏去，於是就毒發身亡了。」

毒藥的真身

「他上唇下面的**牙肉**呈現出一條<u>黑線</u>，這也是中了鉛毒的證明。」華生補充，「解剖只是為了證明我們的觀察沒錯。」

「可是……我捉那隻野雞時，是**徒手**把牠捉住的。而且，牠也沒有中過槍的跡象啊。」馬特仍然無法接受這個事實，「牠身上怎會有鉛彈的……？」

「問題正出在這裏。」福爾摩斯說，「野雞雖然飛得不高，但跑的速度非常**快**，在正常的情況下，徒手是不可能捉得到野雞的，除非牠已中了毒。」

「啊……」馬特眼神**游移不定**，似乎在思考大偵探的意思。

「我相信，有人在狩獵時開過**霰彈槍**，但又沒有完全命中目標，於是很多鉛彈散落在草叢的**沙地**上。」福爾摩斯推論，「你知道，野雞為了幫助**消化**，都喜歡吃沙。不幸的是，你捉到的那隻野雞剛好連沙中的鉛彈也吃進**胃**

裏。其實，牠那麼輕易地被你捕獲，就是因為 中了鉛毒。但你卻不知道，並叫傭人把牠煮 成湯，結果……」

大偵探並沒有說下去，但大家都知道，結果 是害死了小約翰。

「嗚……」馬特得悉真相 後，不禁抱頭痛哭，「原來…… 原來是我自己害死了小約 翰……我實在太笨了……」

真相大白後，警方釋放了瑪嘉烈，她的好友朱莉亞也**喜極而泣**。

「**謝謝你！**」當瑪嘉烈得悉是福爾摩斯把她救出來後，激動地向福爾摩斯道謝。

「你不必向我道謝。」大偵探笑道，「因為，是朱莉亞來找我幫忙，才能弄清真相。所以，把你救出來的是朱莉亞。你該感謝她。」

「朱莉亞……」瑪嘉烈看着好友，感動得**熱淚盈眶**。

「你有這樣的朋友，實在很難得啊。」福爾摩斯說，「她還答應分期向我支付調查費呢。」

聞言，賴登立即拍拍自己的肚皮，豪爽地說：「**哈哈哈！**福爾摩斯，這次你查出真相，也算是幫了我們警方一個大忙，讓我們不用冤枉

好人。**這筆調查費，就由我來代付吧！**」

「真的嗎？那太好了。」福爾摩斯笑道，「那麼，我就不用打八折了，哈哈哈！」

「**哈哈哈**！沒關係，你就收足全費吧。」賴登大笑。

「好了，我們已完成任務了。」福爾摩斯說，「後會有期！」

說完，他和華生就踏上了**歸途**。

火車上，華生佩服地說：「福爾摩斯，這次又讓我**長見識**了。當我們在查案時看到一些引起自己不安的東西時，必須**鍥而不捨**地追查下去，否則就會很易錯過破案的機會了。」

「嘿嘿嘿，你終於明白了吧。」福爾摩斯笑道，「『**不安**』其實是一種**暗示**，證明自己已非常接近真相了，只是欠缺一個觸發點把它

揭開罷了。」

「這次的觸發點是來自日本的植物標本，實在意想不到呢。」

「對，當我聽到鮑爾說那植物能吸收有毒的重金屬時，就像濃霧突然散開，本來模糊不清的暗示就完全清晰了。」福爾摩斯說，「鹿頭代表狩獵，獵槍代表武器，兩者都要由子彈連繫起來。而我們要找的所謂毒藥，其實就是鉛製的霰彈。」

「鉛彈不像一般毒藥，由於它是**金屬**，在人的胃裏**溶解**得很慢，所以毒性也要幾天時間才完全顯現出來。」福爾摩斯續道，「此外，小約翰在發生嘔吐後，醫生又錯誤地給他**處方**了**止嘔藥**，令他失去嘔清鉛毒的機會，結果反而害他中毒而死。」

「不過，說來說去，**始作俑者**還是那些用鉛彈狩獵的人。最諷刺的是，馬特先生的**霰彈槍**發射的也是鉛彈。」華生搖頭歎息。

「是啊。雖然那隻野雞不一定吃了他發射的鉛彈，但他在狩獵時有份在森林中**製造污染**，**追根溯源**，他與小約翰的死也脫不了關係。」福爾摩

斯深有感觸地說，「事情就是這樣，人類為了自己的*享樂*，往往就會顯露出內心潛藏的**野性**，肆意殘殺野生動物，並不理會**生態環境**會否受到破壞。可是，大自然的野性更可怕，當它進行報復時，人類就得自己來承受惡果。這——或許就叫做**天理循環，報應不爽**吧。」

科學小知識③

鉛中毒

　　鉛（lead）是金屬元素的一種，符號是Pb，容易氧化，在空氣中呈銀灰色。由於它的硬度不強，用刀也可切割，故在古代已常被用於日常生活之中。如古羅馬和古埃及已用它來製造水管、壺、杯，甚至化妝品和用作增加甜味的**鉛糖**（醋酸鉛／lead acetate）。

　　後來，活版印刷興起，鉛被廣泛用於製作**字粒**。當人懂得製造槍械後，鉛又成為了製造子彈的重要材料。漁民為了捕魚，也常在魚網上使用**鉛墜**。此外，鉛也用於製造**油漆**和汽車使用的**汽油**。

　　可是，鉛卻是毒性很強的重金屬，與水銀一樣，自古以來不斷引發中毒事故。據傳著名音樂家**貝多芬**和畫家梵高晚年時精神異常，就是與中了鉛毒有關。最近在香港發生的公共屋邨輸水管**焊料**含鉛事件，更是典型的「鉛害」事故。

由於幼兒的血腦屏障（阻擋有害物質侵入腦部的生理結構，英文叫blood-brain barrier, 簡稱BBB）尚未發育健全，故腦部更容易積聚鉛，會嚴重傷害健康。所以，鉛毒對小童影響最深，必須提防。

能吸收重金屬的植物

　　本故事中，福爾摩斯因知道禾稈蹄蓋蕨能吸收重金屬而令他聯想到案件涉及鉛中毒，從而找出小約翰中毒身亡的真相。當然，這是虛構的情節，在福爾摩斯的年代，仍未有人知道禾稈蹄蓋蕨能吸收重金屬。不過，在19世紀中葉，已有科學家從一種名為貝托庭芥的植物的葉子中測出含有異常多量的鎳（Ni），並證明了一些植物的生長與土壤中的某些重金屬有關。其實，中國自古以來對此已有頗深認識，懂得通過尋找某種植物而去確定礦藏所在。例如，從車前草長得茂盛的地方，去找出鋅礦。

車前草
Photo Credit: "Plantago asiatica" by Shizhao / CC BY 3.0

蜈蚣草
Photo Credit: "Pteris vittata, Louwsburg" by JMK / CC BY-SA 3.0

　　現在，重金屬污染土壤的問題日益嚴重，為了應對這個問題，有不少科學家都在研究如何利用植物來淨化土壤。中國科學家曾於2002年發表論文，指蕨類植物蜈蚣草能吸收土壤中的砷（As），引發大家對這種研究的關注。

　　不過，叫科學家頭痛的是如何處置那些吸收了重金屬的植物。因為，不論廢置、掩埋或焚燒都會引起其他污染問題。所以，利用植物來淨化土壤，在科研上和實際應用上仍有漫長的路要走。

（本文參考了〈蕨類物修復土壤與淨化水體研究進展〉一文，作者為沈羽、張開梅、方炎明，刊於《江蘇農業科學》2014年第42卷第1期。）

麵包店①

麵包店②

福爾摩斯科學小魔術
隔空點蠟燭！

本集中的點蠟燭魔術很好玩呢。

是嗎？那麼，我們就來玩這個小魔術吧。

① 先準備好圖中的物品。

一枝蠟燭　　一個打火機

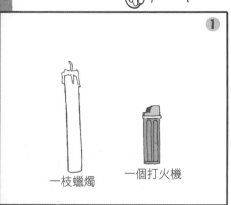

② 用打火機燃點蠟燭。

噗

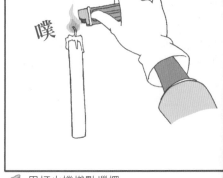

③ 吹熄蠟燭，並迅速用打火機在冒起的煙上點火。

呼一　噗

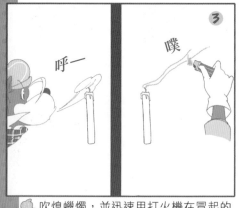

④ 看！蠟燭點着了！

啊！

科學解謎 詳情請看本書p.58的〈科學小知識〉。

大偵探 福爾摩斯

──────野性的報復──────㉝

原著人物 / 柯南·道爾
（除主角人物相同外，本書收錄的三個短篇全屬原創，並非改編自柯南·道爾的原著。）

小說&監製 / 厲河　　繪畫&構圖編排 / 余遠鍠

繪畫（造景）/ 李少棠　　造景協力 / 周嘉詠

封面設計 / 陳沃龍　　內文設計 / 麥國龍　　編輯 / 盧冠麟、郭天寶

出版
匯識教育有限公司
香港柴灣祥利街9號祥利工業大廈2樓A室

想看《大偵探福爾摩斯》的
最新消息或發表你的意見，
請登入以下facebook專頁網址。
www.facebook.com/great.holmes

承印
天虹印刷有限公司
香港九龍新蒲崗大有街26-28號3-4樓

發行
同德書報有限公司
九龍官塘大業街34號楊耀松（第五）工業大廈地下
電話：(852)3551 3388　　傳真：(852)3551 3300

第一次印刷發行　　　　　　　　　　　　2016年2月
第五次印刷發行　　　　　　　　　　　　2020年2月
Text：©Lui Hok Cheung　　　　　　　　翻印必究
©2016 Rightman Publishing Ltd. All rights reserved.

ISBN:978-988-14020-0-4
港幣定價 HK$60
台幣定價 NT$270

若發現本書缺頁或破損，
請致電25158787與本社聯絡。

網上選購方便快捷　　購滿$100郵費全免
詳情請登網址 www.rightman.net